1

Valérie Reynier

Déclic
et des claques

À tous les inconnus qui m'ont inspiré ces histoires,

Aux hommes que j'ai aimés.

Sommaire

Un minuscule phare 9

Mon ami de toujours 17

Un massage - Élucubrations d'une femme meurtrie 27

Pas de deux 33

Rencontre express 41

Il astiquait l'évier 51

La bouillotte et le polar 59

Errements roses 63

Un simple clic 69

Un minuscule phare

Yrène courait presque chaque jour, sur les pistes forestières. Elle aimait la douceur du sol sablonneux sous ses pas. Elle savait qu'elle pouvait y venir même dans la pleine chaleur des mois d'été. L'ombre des pins, parasol végétal, lui permettait sa course même le soleil à son zénith.

Elle savait qu'ils pouvaient devenir parapluie aussi et la protéger des intempéries.

Yrène courait.

Un pas puis un autre dans le silence de la forêt, rythmé seulement par ses battements cardiaques, encore et encore, une heure durant.

Après quoi courait-elle ?

Dans ce quadrillage tracé au fil des années par les gemmeurs, les chasseurs ou les bûcherons, elle aimait s'y perdre pour mieux se retrouver, oubliant son corps dans l'effort. Son esprit seul avançait. Ses pensées prenaient le pas. Son histoire s'égrenait pas à pas.

Elle avait perdu d'ailleurs toute preuve de sa vitalité. Seule la course solitaire lui rappelait que son cœur battait encore.

Alors, Yrène grimpait sur une colline, ancienne dune arborée, vers une clairière pour apercevoir le soleil et se repérer.

Combien de fois elle avait craint l'approche de la nuit qui l'engloutirait dans la forêt devenue effrayante et ténébreuse. Combien de fois elle avait sursauté à l'écoute d'un vrombissement. Un camion qui approche ? La peur des hommes qui pourraient la surprendre, solitaire dans sa course.

Elle se comparait à une laie sans ses marcassins, sans sanglier non plus.

Elle aimait parfois franchir la dune ! Grimper pas à pas dans le sol de plus en plus mouvant. Et terminer sa course sur la plage.

11

Enlever ses chaussures, calmer la brûlure de ses pieds dans l'eau salée de l'océan. Se rafraîchir des embruns. Observer les surfeurs, petits scarabées sur leurs frêles esquifs.

Yrène courait.

Et ce matin-là, au beau milieu de cette dune qu'elle avait gravie si souvent.

Elle aperçut un miroitement. Elle s'approcha de ce minuscule phare.

À demi enfoui dans le sable, elle n'eut pas à creuser bien longtemps pour découvrir son trésor. Elle déterra un miroir circulaire, piqué par les embruns.

Qui l'avait perdu là ? Une promeneuse coquette retouchant son maquillage avant un rendez-vous galant sur la plage ? Un enfant s'amusant à faire des signaux lumineux ? Un pyromane ayant laissé cet objet compromettant après le départ du feu ?

Elle observa son étrange découverte et se mira un instant.

Pourquoi s'était-elle laissée ensabler dans le confort d'une vie lénifiante ?

Était-ce le reflet du soleil dans ce disque, le flou de l'image piquetée de vert-de-gris ou la transpiration de sa course qui brouillèrent sa vision ?

Yrène ne se reconnut pas dans l'instant, éclairée d'un rayon lumineux. Quelle preuve lui fallait-il pour être certaine de ce qu'elle découvrait ?

Elle s'était cherchée si longtemps et là, au fond de ce petit disque, elle s'apercevait et se retrouvait enfin. Elle fit une pause pour s'admirer, surprise. Était-ce bien elle ? Ou une image déformée par un miroir aux alouettes ?

Cette image insolite, si parfaitement identique à ce qu'elle était, il y a encore si peu et si parfaitement différente la captiva.

Oui, c'était bien elle, Yrène, qui se découvrait vivante.

Ses tempes battaient au rythme de sa respiration encore haletante, la sueur perlait de son front, le vert tacheté d'or de ses yeux brillait d'un éclat neuf.

Insolite rencontre avec un soi-même qu'elle avait cru englouti et qui là, au milieu du sentier sablonneux surgissait dans l'éclat du miroir.

Pourtant, ces sentiers, elle les avait empruntés chaque jour et croyait en connaître chaque détour, chaque fourré, chaque virage. Elle les avait arpentés croyait-elle, dans leurs méandres les plus obscurs.

Yrène courait après sa journée de travail ou avant parfois. Un pas après l'autre oubliant, s'oubliant dans le silence rythmé seulement par ses battements cardiaques.

Elle aimait ces sentiers, entre ombre et lumière, si loin du brouhaha de la ville, observant les imperceptibles modifications des saisons, épiant le moindre bruit suspect qui la ramènerait un instant dans la réalité.

Après quoi courait-elle ?

Au milieu du sentier de sa vie qu'elle croyait connaître si intimement, si parfaitement.

Dans ce cadre verdoyant, elle avait essayé d'évacuer ses tracas, tentant de s'accorder un instant avec l'univers tout entier, de communier avec les quatre éléments.

Elle était passée et repassée maintes et maintes fois sur ces sentiers. Elle avait arpenté cette dune le soir, le matin, dans la froidure de l'hiver ou la douce chaleur d'une fin de journée d'été, relevant les empreintes sur le sable d'un chevreuil, d'un garenne ou d'un sanglier, espérant apercevoir une palombe s'enfuyant à l'approche de ses pas, le tapis jaune de quelques chanterelles en tube, qu'elle pourrait venir cueillir un peu plus tard ou un pot de terre avec quelques traces de résine, vestige de l'époque où les gemmeurs entaillaient encore les pins pour leur tirer leur substantifique moelle.

Après quoi courait-elle ?

Fuite en avant ou effacement dans l'effort d'un passé encore trop douloureux ?

Yrène courait.

Un pas puis un autre dans le silence de ces sentiers bucoliques, encore et encore, une heure durant.

Courant, suant, ahanant, allant au bout de l'effort.

Elle était passée à côté aveuglée, épuisée, à bout de souffle. Elle n'avait pas su observer les traces de son enlisement dans ce quotidien asphyxiant.

Pourquoi avait-elle perdu les empreintes pour retrouver la piste qui la ramènerait à elle ?

Comment avait-elle pu laisser ce trésor ensablé ? Pourquoi n'avait-elle pas su entendre les indices annonciateurs de sa mort imminente ?

Elle courait, passant et repassant pas à pas sur le sentier de sa vie. Elle avait suivi le chemin tout tracé du mariage, des enfants, de la vie de famille. Oh ! Non ! Il n'avait pas toujours été bucolique ce cadre familial ! Ce fut un agréable jardin au début qu'il avait fallu régulièrement débroussailler, entretenir pour éviter les épineux et les ronces. À quel moment ce sentier avait-il perdu son aspect bucolique ? À quel moment s'était-elle perdue dans ce cadre verdoyant ? À quel moment n'avait-elle plus assumé l'entretien de ce jardin d'Éden ? Elle s'y était appliquée au début puis peu à peu s'y était enlisée, ensablée et l'avait laissé à l'abandon. Misérable friche !

Puis Yrène avait suivi sa propre piste.

Elle courait jusqu'à l'épuisement, expurgeant sa peine. Sur son chemin de croix, elle courait, expiant sa faute. Elle avait abandonné la route toute tracée, la voie commune. Pour

14

emprunter les chemins de traverse, les pistes forestières. Une laie solitaire.

Par tous ses pores, son passé avait suinté, dégouliné, visqueux comme la résine des pins.

Un pas puis un autre, rythmé par ses battements cardiaques.

Son cœur ! Comme il était bon de l'entendre battre, bien vivant, régulier. Elle qui s'était crue morte pendant de longues années.

Vivante, lumineuse, son reflet surgissait rayonnant au milieu de la dune, tel un trésor enfoui il y a un siècle par des pirates échoués sur ce rivage.

Pourquoi surgissait-il aujourd'hui dans la clarté de ce petit miroir ?

Pourquoi le roulement de l'océan lui murmurait-il ce jour que la vie reprenait son cours ?

Yrène prit le miroir, garda son nouveau reflet en mémoire.

Elle avait enfin la preuve si longtemps cherchée.

Elle pouvait reprendre sa course.

Un pas puis un autre ! Une heure durant. Une vie durant...

Mon ami de toujours

Marie était lovée dans son vieux fauteuil au cuir usé... les volets clos, protégée du soleil trop fort de ce beau mois d'août.

Elle s'était séparée depuis quelques mois. Elle avait quitté son foyer, son mari, ses enfants. Les amis du couple n'avaient pas compris sa décision qui leur avait paru si soudaine.

Les premiers mois de solitude avaient été occupés à régler des préoccupations matérielles. Elle avait plongé en apnée dans un activisme outrancier.

Trouver un nouveau lieu de vie : elle avait visité de nombreux appartements jusqu'à ce qu'il y ait un coup de foudre pour cette terrasse avec vue sur un joli parc peuplé de vieux chênes.

Le meubler, elle n'avait rien emporté si ce n'est ses livres et quelques objets évoquant des souvenirs d'enfance.

Régler tous les transferts administratifs.

Puis préparer ses vacances, un séjour à Rome dont elle rêvait depuis si longtemps sans jamais avoir pu transmettre son désir à son compagnon.

Au premier jour d'août, cela faisait juste six mois qu'elle avait tout envoyé balader. Ses maigres économies évaporées en divers articles ménagers et une semaine de farniente, la solitude la frappa de plein fouet.

Elle se retrouva chancelante, tituba et s'écroula dans son vieil ami aux accoudoirs usés.

Des larmes perlèrent pour devenir sanglots. Elle n'avait jamais su pleurer. Elle encaissait les coups, les souffrances, les blessures depuis toujours sans un mot. Elle avait appris toute petite à s'enfermer dans sa carapace, dans le merveilleux monde de la littérature. « Les pleurs c'était bon pour les princesses, elle n'était qu'une vulgaire Cendrillon. »

Dans son vieux fauteuil de cuir, elle se sentait protégée par la douceur paternelle.

Le rituel du coucher de son enfance, ressurgi en même temps que ses larmes : chaque soir, son père lui lisait une histoire avant d'aller au lit.

« Le petit prince », Jules Vernes, « Le grand Meaulnes », un poème de Lorca, un extrait d'opéra...

Dans ce fauteuil, il y avait de la place pour deux puis même pour trois. Quand son petit frère arriva le rituel se poursuivit, chaque enfant sur son accoudoir, encadrant fièrement leur conteur préféré.

Et pourtant, combien elle se sentait faible et si misérablement fragile !

Toutes ses murailles savamment et patiemment construites étaient en train de s'écrouler !

Elle hurlait en silence. « Au secours ! Je coule, je me noie ! » mais comme dans un cauchemar aucun son ne sortait.

La voix de son père résonnait pourtant : « Pleure, ma petite reine, ma grenouille... pleure je suis là » Mais non il n'était plus de ce monde, qu'aurait-il pensé en la voyant recroquevillée sur elle-même, fœtus amaigri ?

« Ne te laisse pas attirer par les brouillards de la plaine ma grenouille, grimpe vers le sommet... là-haut, tu verras la vue est magnifique, grimpe mon petit isard. »

C'est Véronique la première qui s'inquiéta du silence de son amie. Elle l'appela sur son fixe, son portable, envoya un texto.

Mais aucune réponse en retour ne lui parvint.

Driiiiiiiiiiiiiiiiiiiiiinnnnnnnnnnnnnnnnnnnnng !

La sonnerie du téléphone retentit dans l'appartement de Marie. Elle ne l'entendit pas, elle sombrait lourdement dans son fauteuil.

Son corps lui pesait alors qu'il s'était allégé de nombreux kilos ces derniers mois. Elle oubliait de le nourrir...

Faim ? Elle avait oublié cette sensation qui communément nous tiraille l'estomac à heure régulière.

Appétit ? Elle n'en avait plus aucun ni celui de vivre d'ailleurs ! Elle se sentait devenir ange, esprit vide, corps aérien... Rejoignant son père vers ses montagnes éternelles.

« Et tes enfants ma grenouille ? », lui murmurait-il.

Après quelques jours, Véronique renouvela ses tentatives par connexion internet, cette fois-ci, elle écrivit un long message à son amie.

Marie aveugle au monde qui l'entourait, plongeait dans la noirceur des eaux profondes de sa culpabilité.

Elle sentait rejaillir aussi, un à un tous les petits bonheurs de son enfance. Pourquoi tout cet édifice aux solides fondations de pierres taillées avec amour et bienveillance vacillait-il aujourd'hui ?

Pourquoi avait-elle la désagréable sensation d'avoir détruit son palais ?

- Et tes enfants, ma grenouille ?

- Oui, mes enfants ?

Marie se demandait si elle avait su leur donner le même capital de confiance en soi et de doutes mêlés qu'elle avait reçu au berceau.

Elle aussi chaque soir, elle leur avait lu une histoire : « Allez chacun d'un côté sous les ailes de votre maman poule, mes petits poussins », aimait-elle leur dire ! Et ses souvenirs lui firent verser de nouvelles larmes.

À l'adolescence l'histoire fut remplacée par un moment de confidences, d'écoute et de respect de leurs émotions, de leurs mots. Non ces fils ne pouvaient pas être détruits, ce fil d'amour patiemment construit ne pouvait se rompre !

Véronique opiniâtre appela Isabelle puis Joëlle et encore Françoise et Dominique. Elle leur demanda à toutes : « Vous avez eu Marie depuis son retour d'Italie ? » et chacune répondit par la négative.

Elles décidèrent d'appeler, d'écrire et si le silence s'installait, elles iraient frapper à la porte de Marie toutes ensemble.

Driiiiiiiiiiiiiiiiiiiinnnnnnnnnnnnnnnnnnnnnng !

La sonnerie du téléphone encore !

Marie croupissait dans des eaux saumâtres. Les bruits extérieurs ne parvenaient pas jusqu'à son cerveau, entre deux mondes, raccordant passé et présent.

Driiiiiiiiiiiiiiiiiiiinnnnnnnnnnnnnnnnnnnnnng !

Marie s'enfonçait lentement dans les méandres de son enfance qui peu à peu guérissait ses blessures actuelles.

Driiiiiiiiiiiiiiiiiiiinnnnnnnnnnnnnnnnnnnnnng !

« Ohhhhhhhhhhhh ! Ce bruit ! Ce bruit ! ».

Elle s'enferma un peu plus dans sa carapace imperméable, étanche, étourdie par les rires de ses fils quand elles les chatouillaient, quand ils dévalaient les pentes à ski.

Un « TAM TAM TAM » sourd et persistant l'éveilla soudain. Elle se redressa légèrement, à l'écoute.

Depuis quand n'avait-elle rien avalé ? Seulement sa rage, sa colère et ses larmes ! Elle se leva pourtant, titubante, et se tenant aux murs alla ouvrir la porte. Le soleil l'aveugla.

Elles étaient là rayonnantes, ses bonnes fées, ses amies.

Véronique portait une bouteille de champagne. Joëlle des flûtes. Isabelle du melon et du jambon. Françoise des pêches et des brugnons. Dominique du pain et du fromage. « Laisse-nous faire. Laisse-toi faire. On est là. » Elles l'embrassèrent, la serrèrent contre leur cœur en une accolade chaleureuse.

« Assieds-toi, ma grande. »

Véronique lui fit couler un bain. « J'ai mis de la mousse ! Tu vas Voir, ma belle, c'est moi qui te lave les cheveux et te coiffe ; tu ne ressembles à rien ! »

« Tiens passe cette robe ! »

Les autres s'activèrent pour préparer des agapes frugales. Domi trouva une nappe blanche, Françoise mit les plus jolis couverts. Isabelle s'affairait à la cuisine.

« Te revoilà, ma belle... »

Joëlle fit sauter le bouchon du champagne ! « Ça va péter les filles ! À la vie ! À nous ! À l'amitié »

Marie restait silencieuse mais un sourire timide éclaira son visage.

Et le bavardage joyeux de ses complices de toujours, aidé par les bulles du champagne la sortit de son mutisme.

Elle raconta ses vacances : « A mon retour de Rome j'ai fait un long détour par mon enfance ; je suis allée dans des profondeurs obscures, dans les eaux matricielles peut-être et je suis remontée jusqu'aux sommets les plus vertigineux frôlant les nuages de mes ailes ». J'ai retrouvé mon goût de vivre au travers du sourire de mon père et du rire de mes enfants. « Voici mon vaisseau », dit-elle en s'enfonçant profondément dans le fauteuil usé, les avants bras plaqués sur les accoudoirs comme aux commandes d'une de ces terribles machines volantes.

« Il ne te manque que le casque en cuir de Saint Ex », pouffa Joëlle.

« Ouais et nous en guise d'ailerons », renchérit Véronique qui vint agripper ses mains à ses épaules en lui caressant doucement les cheveux.

« Tour de contrôle à Marie, tour de contrôle à Marie, autorisation d'atterrir » cria Françoise les mains en porte-voix...

Toutes trois l'extirpèrent de son cockpit en riant, mimant l'arrivée triomphale d'un de ces fous volants sur l'aérodrome du Bourget...

Et soudain, au milieu de ce joyeux délire, Marie s'arrêta. Le silence se fit. Elle les regarda, comme elle ne les avait jamais vues et elle, si secrète, si pudique, osa murmurer :

« Oh mes amies, comme vous m'aidez à renaître, regardez mes sœurs, je suis de nouveau debout. Que c'est bon mes amies de vous avoir là ! Vous m'avez relevée ! »

Elles écoutèrent. Et évoquèrent leurs congés.

Domi fit rire l'assistance avec ses déboires en voilier. Marie sourit aussi.

Véro évoqua sa semaine en amoureux à Venise. « Oh mon doux gondolier ! Il sait tenir la barre ! » Et les rires fusèrent de nouveau.

Françoise et Isabelle racontèrent leurs vacances à la mer avec leurs enfants.

Joëlle se tut, elle ne partait qu'en septembre...

« Demain, tu vas voir un médecin pour qu'il t'aide à passer ce cap ! », dit Domi.

« Tu iras voir un psy aussi j'ai une bonne adresse, il est beau comme un dieu, tant pis pour le transfert ! », ajouta Isabelle.

« Il te faut un rendez-vous chez le coiffeur ! Tu vas voir comme ça va te faire du bien de te faire masser le crâne ! », surenchérit Françoise.

« Et chez l'esthéticienne aussi, elle va te faire toute belle, toute douce ! », pouffa Joëlle.

« Je reste dormir là, je t'accompagnerai », lui murmura Véro.

En se levant doucement cette nuit-là pour aller chercher un verre d'eau à la cuisine, Marie jeta un regard amusé sur les restes de la fête qui peuplaient son salon. Il serait bien temps de ranger demain.

Dans le silence de la maison endormie, les vieilles rides du cuir du fauteuil ancestral semblaient lui adresser un clin d'œil, les accoudoirs fatigués paraissaient désormais lui indiquer le chemin à suivre, celui de la vie retrouvée, du fil de l'amitié retissé.

« Mes amies, pensa-t-elle, vous m'avez reconstruite. »

Un massage
Élucubrations d'une femme meurtrie

Quand elle massait son cou ses épaules musclées trop tendues par le stress, elle ne pensait qu'à lui.

Son cerveau se mettait en pause.

Seules ses mains s'animaient, petits animaux vivants et autonomes.

Elle les frottait longuement l'une contre l'autre sentant monter en elles une douce chaleur.

Il s'allongeait sur le lit, torse nu, en caleçon parfois.

Il avait un beau dos de charpentier.

Elle se mettait à genoux, l'encerclant de ses jambes musclées.

Elle commençait son ouvrage, attentive à l'écoute de ce beau corps mis à nu : palper les tensions pour mieux les effacer.

Ses mains sentaient les nœuds du corps et avec la patience de la fileuse elle les dénouait un à un.

Ses pouces remontaient lentement sa colonne vertébrale.

« Mmmmmmmmm c'est bon ! », laissait-il échapper.

Ses deux doigts s'égaraient ensuite sur les lombaires, massant ses poignées d'amour, enveloppées d'un peu de gras qui les rendait si attendrissantes.

Puis ils remontaient encore vers les omoplates :

« Tu es tout tendu ! Respire lentement. »

Elle commençait à pétrir, tous ses doigts s'y mettaient, pressions plus ou moins fortes.

« Tu me fais mal, arrête, non, continue, c'est bon, douloureux mais bon ! »

Elle roulait sa peau bronzée comme on étale une pâte, elle la sentait se libérer peu à peu se détendre se relâcher.

Elle arrêtait un instant juste pour qu'il lui murmure « Encore ! ».

Et elle poursuivait, atteignant ses trapèzes : toute sa souffrance y était inscrite, tout son emploi du temps résumé !

Il n'avait pas besoin de lui raconter sa journée, elle la sentait vibrer sous ses muscles.

Elle n'avait pas besoin de lui dire sa tendresse, la douceur de ses mains en témoignait.

Comme elle aimait ces instants de parfaite communion silencieuse !

Elle malaxait ses trapèzes, s'y agrippait, prise de vertige tout à coup face à ce dos d'homme si fragile dans ses mains ! Que ferait-elle s'il disparaissait ? Tomberait-elle dans le filet d'un autre ? Ou s'écraserait-elle, pantin désarticulé sur la piste ?

Elle aimait l'entendre gémir de plaisir et de douleur mêlés.

Elle massait son cou, endolori, doucement, tendrement.

Lui tordrait-elle ce cou s'il venait à la quitter ?

Elle lissait ses larges épaules sur lesquelles elle aimait tant s'appuyer et s'endormir aussi.

Enfin, elle le sentait s'apaiser, sa respiration se ralentissait, parfois il s'endormait.

Alors elle poursuivait, de plus en plus sensuelle pour réveiller sa virilité.

Et le massage devenait jeu érotique.

« Mmmmmmmmmmmmmmmm, que c'est bon ! », lui murmurait-il.

Depuis dix ans, elle le massait ainsi presque chaque soir, petit rituel de retour de boulot.

Et ce lundi-là, il arriva vers 19 heures.

Et comme à l'accoutumée, elle défit un à un les boutons de sa chemise, caressa lentement son torse au léger duvet. Il ôta son pantalon et s'allongea en caleçon.

Elle commença le massage.

Et pour la première fois, ses pensées n'allèrent pas vers lui.

Que lui avait-il pris ce jour-là de vouloir lui faire la surprise de le retrouver à la sortie du bureau ?

De ses deux pouces, elle remonta la colonne de vie, elle sentait sous ses doigts chaque vertèbre. Si elle appuyait plus fort, pourrait-elle lui broyer les os ? Atteindre la moelle ? Elle l'imagina sortir de son canal et couler, gluante, le laissant paralysé.

Elle eut l'image de ses osselets en milliers d'escarbilles acérées lui transperçant la peau.

Ses mains poursuivirent leur ouvrage, malaxant cette chair offerte à une autre il y a un instant. Elle l'avait vu, elle les avait vus.

Son homme, son mari, son confident parfois, son amant encore fougueux, le père des enfants qu'ils auraient pu avoir, dans les bras d'une autre. Belle, éclatante d'une jeunesse insolente et joyeuse.

Elle s'était soudain ratatinée, voûtée, accroupie dans le renfoncement d'un porche, proche de l'étourdissement. Toutes les rides d'expression qu'il trouvait si charmantes lui avaient labouré le visage. Sinistre expression, profond sillon d'un amour qui n'est plus tout à coup ! Elle s'était vue vieillir seule sans homme et sans enfants à chérir.

Pourquoi n'avait-elle rien senti ? Était-il peut-être plus gai ces derniers temps, avec un sourire rêveur ?

« Oh, tu me fais mal ! » Elle ne put adoucir son geste, y ajouta même les griffes de ses ongles. Et elle le pétrit tel un pizzaïolo avec sa pâte, vivement, avec fougue.

Elle pensait à cette femme plus jeune, plus désirable.

Elle atteignit ses trapèzes. Ils lui semblèrent moins noués que d'habitude. L'avait-elle massé elle aussi de ses mains douces sans taches de vieillesse ?

Son compagnon l'avait lâchée, ses mains s'agrippèrent nerveusement, espérant ainsi ralentir sa chute. « Arrête ! Tu me fais mal », grimaça-t-il.

Elle imagina sa peau lacérée, meurtrie. Elle devenait dompteuse armée d'un fouet, cinglant cet animal qu'elle ne pouvait plus maîtriser, qui lui échappait dans les bras d'une nouvelle maîtresse.

Elle arriva à la nuque et soudain l'envie de lui tordre l'envahit.

Elle serra, massant de plus en plus fort, encerclant peu à peu le cou fragile d'une poigne insoupçonnée.

La force de la détresse, la puissance de la jalousie passaient dans ses doigts.

« Arrête ! », répéta-t-il en grognant.

« Que t'arrive-t-il aujourd'hui ? Tu me fais mal ! », lui murmura-t-il dans un souffle.

Elle enserrait ce cou, ses mains devenaient étau.

Elle revit un instant les images de leurs amours heureuses, mais au premier plan s'afficha la nouvelle héroïne de leur histoire.

Elle serra plus fort, un gémissement, un dernier souffle.

Et sa respiration s'arrêta...

Comme cette image fugitive dans la rue l'avait fait souffrir, elle aussi.

Son homme heureux dans les bras d'une autre !

Pas de deux

Philippe avait la quarantaine passée depuis quelques années.

Il avait toujours rêvé de devenir danseur étoile mais dans son milieu d'une petite ville du sud ouest, un garçon devait jouer au rugby et la danse ne pouvait être envisagée sans déshonorer la virilité familiale.

Alors il avait chassé son rêve et avait transmis à ses filles le goût de la danse classique. Ils les emmenaient de temps à autre voir un ballet au Capitole. Elles avaient fait toutes deux quelques années au conservatoire municipal : chaussons roses et tutu !

Qu'elles étaient mignonnes avec leurs petites fesses rebondies de fillettes moulées dans leurs collants et leurs justaucorps. Des petits rats roses à croquer !

Puis à l'adolescence elles avaient abandonné le classique pour la danse moderne, puis tout arrêté, submergées par le travail scolaire et les amours débutantes.

Puis, la vie de Philippe bascula, après un divorce fracassant. Sa femme le quittait pour un autre, même si le schéma était classique, il en restait très douloureux.

Alors il sombra dans une phase dépressive, se noyant dans le travail et n'ayant plus le goût à grand-chose. Même la musique n'adoucissait plus ses sombres pensées.

Il partit quelques jours chez son ami d'enfance Marc, pensant retrouver le sourire et le rire avec les blagues salaces et le ton bourru de cet ancien rugbyman.

Des tapes dans le dos, un verre ou deux de trop et cela suffirait à le ramener à vie.

Au moment du pousse-café, après cette première soirée de retrouvailles de franche camaraderie. Marc évoqua les années rugby, les bêtises sous la douche ou dans le bus qui les menait aux villages voisins pour les matchs.

« Tu te rappelles quand tu nous faisais des entrechats dans les vestiaires ? Que tu prenais les crampons et que tu avançais sous la douche sur la pointe, avec les bras relevés au-dessus de la tête dans un geste gracieux, mais qui contrastait avec ton maillot déchiré et boueux, les chaussettes montant au-dessus du genou ! Qu'est-ce qu'on a pu rire ! »

Et Marc partit d'un éclat de rire sonore et contagieux. L'adolescence ressurgissait, faisant oublier à Philippe sa peine actuelle.

Et redevenant plus sérieux Marc enchaîna « Tu ne t'y es jamais essayé finalement à la danse ? À la mort de ton père, tu aurais pu le faire. Et là, si tu en profitais... il ne faut jamais laisser un rêve de côté... » Ils finirent leur armagnac évoquant encore leurs frasques rugbystiques.

Et partirent se coucher plus tard que de coutume. Des rêves de ballets peuplèrent la nuit de Philippe, des danseurs au corps puissant de rugbyman, un match dans lequel s'affrontaient des joueurs en tutu.

Au café, le matin, la tête lourde lui rappelant ses abus d'alcool, il avait décidé que dès la semaine prochaine il irait s'inscrire à un cours de danse. Il en fit part à son ami qui accueillit cette nouvelle par un sourire généreux.

Le week-end fila entre balades en forêt, bavardages et rires puis Philippe prit le chemin du retour.

Le soir même, il feuilleta le bottin. Il avait écarté tout ce qui faisait un peu trop pompeux ou scolaire : « École de danse, académie, centre chorégraphique... ». Il opta pour le centre de danse d'Anissia et celui de Mlle Elisa Gimer. Leurs prénoms l'avaient enchanté.

Anissia et Elisa ne pouvaient être que de magnifiques femmes aux corps souples et voluptueux, de parfaites maîtresses de ballet, des professionnelles de leur art.

Il nota avec un léger pincement au cœur, leurs numéros sur son agenda pour les appeler dès le lendemain.

La matinée de travail ne lui laissa aucune pause, les réunions s'enchaînèrent ; vers treize heures, il sortit s'acheter un sandwich et tout en le grignotant il appela le premier cours, celui d'Anissia.

Un message, voix féminine et douce, disait de rappeler le soir à partir de 17 heures.

Légèrement déçu, il composa le numéro de Elisa. Après trois sonneries dans le vide, une voix masculine cette fois-ci, lui répondit qu'il ne prenait plus de débutants, mais qu'un stage aurait lieu cet été qu'il pouvait venir chercher un formulaire d'inscription s'il le désirait.

Philippe finit son sandwich à la hâte et regagna son bureau. Il rappellerait après 17 heures Anissia, il ne pouvait attendre ce stage cet été. Impatient tout à coup de vivre son rêve.

Son après-midi défila, mais à 17 heures un petit signal cérébral lui rappela d'appeler Anissia.

Ce qu'il fit aussitôt :

- Bonjour, ce serait pour prendre des leçons de danse, je débute et je ne suis plus tout jeune mais...

- Venez demain soir, à 19 heures j'ai un cours débutant, vous essaierez et vous verrez si cela vous convient. À demain.

- À demain. Quelle tenue faut-il prévoir ? demanda-t-il un rien inquiet.

- Un survêtement, des chaussettes feront très bien l'affaire pour une première fois.

- À demain répéta-t-il, légèrement embarrassé.

Elle raccrocha. Il tint un instant le combiné, sans raccrocher, rêveur. Allait-il oser ?

Le lendemain, il mit dans son vieux sac de sport, son survêtement des chaussettes épaisses un T-shirt ample pour cacher son ventre naissant. Et il partit travailler plus joyeux que

37

de coutume. Il tenta un entrechat dans la cuisine, sa tasse de café faillit se renverser.

Quel était ce bonheur qui le submergeait tout à coup ?

Il ne vit pas passer sa journée.

À 19 heures précises, il était devant le cours de danse d'Anissia.

Il grimpa les deux étages et s'arrêta un instant face à la porte.

« Quelle idée saugrenue ! Te mettre à la danse à ton âge mon p'tit père ! Tu t'es vu ? Avec ton ventre, ta calvitie naissante ! »

Il ravala son orgueil et entra. Le vestiaire était désert cela fit son affaire. Il se mit en tenue. « Pas de miroir. Ouf ! »

Et il franchit le seuil du salon de danse.

Douze regards féminins se tournèrent vers lui...

Il se sentit ridicule. Qui était Anissia ? Oh certainement la belle brune accoudée au piano. Il alla vers elle hésitant. Une épreuve : traverser cette salle sous ces regards féminins. Il fit trois pas hésitants, n'osa pas un seul entrechat... mais intérieurement il bondissait comme Patrice Dupont, svelte et souple.

Elle parla la première d'une voix suave :

- C'est vous qui avez appelé hier pour un essai ?

- Oui répondit-il timide tout à coup

- Allez, les filles, pardon... Allez, à la barre... On s'échauffe !

Il se glissa derrière celle qui lui semblait la plus âgée de toute, ses rondeurs le cacheraient un peu.

Anissia donnait des ordres secs et doux à la fois que Philippe ne comprenait pas, il observait ses partenaires, coups d'œil furtifs dans le miroir, tentant de les imiter. Qu'il se sentait gauche !

Comme son corps manquait de grâce et de souplesse !

Souriante, elle s'approcha, l'aida, en plaçant ses mains sur son dos. Un frisson le parcourut un instant : « Vous allez y arriver, vous verrez, respirez, soufflez ! »

Ce contact doux et professionnel l'intimida.

- Oui je vais y arriver mais bon sang que c'est dur !

- Soufflez, répéta-t-elle, en appuyant plus fermement sur son dos.

Philippe eut l'impression que sa colonne allait se briser, il rentra le ventre souffla comme il put, rougit et parvint à se plier davantage.

- C'est bien, pensez à respirer, vous êtes écarlate, lui dit-elle.

Il étouffa un soupir de douleur mêlée de joie et de désir. Son corps reprenait vie, il sentait ses possibles assouplissements, ses tensions indécentes aussi...

Il n'osa pas regarder dans le miroir. Qu'allaient-ils penser ces douze regards féminins, de cet homme asservi ?

Elle le laissa reprendre son souffle pour s'occuper de la matrone devant lui. Elle aussi manquait de grâce et de souplesse.

Après les échauffements, Anissia mit de la musique :

- Allez, les filles ! Oh, pardon, Philippe, c'est tellement rare d'avoir un homme parmi nous, ne m'en veuillez pas je vais m'y habituer !

Il ne répondit rien, rose intérieurement qu'elle l'appelât par son prénom, sa voix suave le rendait doux. « Quel cœur d'artichaut, mon gros ! », pensa-t-il.

- On va reprendre l'enchaînement du début. Philippe vous observez et vous essaierez ensuite. Allez, les filles, en piste !

Quel merveilleux ballet ! Douze corps féminins avec chacun son charme. Philippe observa plus leurs différentes physionomies que les pas à mémoriser.

Elles avaient toutes un intérêt : l'une grande et gracieuse, l'autre ronde et un peu gauche mais avec un sourire rieur, les yeux bleus de la petite brune étaient plutôt attirants, la chevelure rousse ne demandait qu'à se laisser démêler, la coupe et les épaules à la garçonne de cette autre auraient pu trouver leur place sur un terrain de rugby...

- Philippe ! Philippe hé oh ! Placez-vous entre Annie et Nathalie oui au fond vous y verrez mieux !
- Vous croyez que...
- Bien sûr... Ce ne sera pas parfait l'important c'est d'essayer et de trouver du plaisir.
- ... Oui, quel plaisir cette voix "Ohhhhhhhhhh !", pensa-t-il tout en avançant, hésitant, sur la piste.

Le cours s'acheva.
- À la semaine prochaine ?
- À la semaine prochaine s'entendit-il prononcer avec une force et une joie inhabituelles.

Il avait osé franchir cette porte humblement et il sentait que son corps et son esprit ne seraient jamais plus comme avant.
Il fila au vestiaire, une douche rafraîchirait et son corps et son esprit.
En enfilant sa chemise, son pantalon et son blazer, il pensait retrouver ainsi sa réalité d'homme divorcé, solitaire trop souvent. En regagnant son logis, ses pensées n'allèrent pas vers son travail, ni vers son passé si douloureux encore. Et il fut surpris de rêver au prochain cours, se souvenant de ces jolis regards de femmes, espérant dérouiller son corps vieillissant, décrasser son cœur meurtri, révisant ses pas sur le trottoir. En arrivant chez lui, il esquissa un entrechat sur son palier et surprit le regard rieur de sa voisine.
Son corps et son esprit ne seraient jamais plus comme avant.

Rencontre express

Jeanne avait décidé ce voyage à Rome comme un nouveau départ.

Elle venait de se faire plaquer par son dernier amant Mario un bel italien rencontré dans un pub. Son accent l'avait charmée dès le premier regard échangé. Ses yeux noirs l'avaient transportée dans un film de Scorsese, maffia et tutti quanti !

Elle ne savait rien de lui. Il était parti comme il avait débarqué dans sa vie, à l'improviste, après avoir partagé quelques mois délicieux.

Elle l'avait attendu quelques heures dans ce pub où ils devaient se retrouver avant d'aller au théâtre. Elle vit la pièce, seule, aucune saveur, piètres acteurs et mise en scène d'une pauvreté rarement égalée. Était-elle vraiment objective ?

Peut-être la rejoindrait-il après dans son petit T2 ?

Bien sûr, elle avait tenté un texto : « Je t'attends, amore mio », laissé un message sur son portable. « Mario ? »

Mario ne réapparut pas, ne rappela pas, ne répondit pas à son texto non plus.

Est-ce lors de cette première nuit de solitude qu'elle décida ce voyage à Rome ?

Est-ce parce qu'il lui avait promis de lui faire découvrir son Italie : « Tu verras ma madone, une Italie des petits quartiers populaires et non celle des cartes postales et des monuments à touristes ! »

Accoudée, le nez sur la vitre de l'express Marseille Rome, son passé défilait.

Mario était entré dans sa vie, il y a cinq ou six mois.

Elle était dans ce pub avec ce grand blond qui la draguait depuis quelque temps, auquel elle aurait peut-être fini par succomber si elle n'avait pas croisé le regard noir de Mario. Il sortait des toilettes, le visage humide et l'avait apostrophée souriant. Il l'avait entraînée vers une table, laissant le grand blond sans répartie possible. D'ailleurs, il avait si peu d'esprit et des discussions d'un morne ennui.

Elle s'était laissée faire, charmée par ses boucles brunes, son accent, subjuguée par ses longues mains méditerranéennes qui s'animaient au gré de ses paroles.

Ils avaient fini la nuit ensemble et il s'était installé dans son appartement aussitôt.

Brosse à dents, rasoir, vêtements neufs. Un passé à oublier ? Elle n'avait pas demandé.

Mario, épuisé, à bout de souffle était arrivé dans ce pub. Les avait-il semés ?

Il poussa la porte violemment et s'engouffra dans les toilettes. Se cacher. La peur au ventre. Les mains moites. Les jambes cotonneuses. S'asperger le visage d'eau. Réfléchir un instant. Se calmer. Respirer.

Pourquoi ? Santa Madonna ! Pourquoi ? Pourquoi avait-il tout perdu ce soir-là ? Pourquoi la chance n'avait-elle pas tourné ? Pourquoi s'était-il entêté ?

Il n'y a pas de spécialiste contre l'addiction au poker. Il allait le payer cher, ils allaient lui couper l'envie de jouer dans leurs tripots clandestins en lui coupant les doigts ou les mains. Santa Madonna !

Il ne pouvait plus rentrer chez lui, ils avaient son nom et son adresse. Il allait devoir une fois de plus changer de domicile, d'identité encore... Six mille euros cela commençait à faire une sacrée dette de jeu. Et Tony et ses sbires ! Pas des tendres !

En sortant des toilettes, il heurta le regard vert d'une jolie fille. Elle s'ennuyait visiblement avec ce grand escogriffe blond filasse.

Une lueur d'espoir. Le charme inné des Italiens ressurgit aussitôt. Ses yeux se firent luisants, charmeurs, espiègles, doux. Son sourire enjôleur. Ses mains ensorceleuses.

Il la serra, l'entraîna vers le fond à une table, assis, moins visible de l'entrée. Elle riait ! Peu farouche. Elle ne demandait rien, cela faisait bien son affaire.

Ha ! Putain de Rital ! Mario Féliciano, 6 rue de l'estrapade, 2e étage à droite.

Il les avait bien roulés. Il avait eu du jeu au début, et puis la chance avait tourné. « Je vais me refaire », qu'il disait. « La toute dernière. »

Les parties s'étaient enchaînées une bonne partie de la nuit. Vodka, après vodka.

« C'est ta dernière partie, petit ! Tu n'auras plus d'entrée ici. Sauf pour venir me rendre ce que tu dois. P... de Rital. Je te laisse quatre semaines. Une dette ça se rembourse. Ça se paye aussi avec du sang s'il le faut ! »

Mais quand Tony s'était levé de la table pour lui demander de solder son compte. Le Rital avait filé ! Il n'avait pas picolé lui. Mais nous ! La vodka était tombée. Et le Tony, il a la descente plutôt raide. Et les parties s'étaient enchaînées.

Un regard la porte l'escalier la rue. Il a décampé pieds lestes, œil vif.

« Quatre semaines pas une de plus Putain de Rital ! »

On a suivi un temps trop tard. L'alcool tue les réflexes c'est ce qu'ils disent à la pub. Putain de vacherie dans le sang !

« Tu le paieras, on va te couper les doigts un à un avec l'envie de jouer ! »

Il a filé entre nos pattes avinées. Sous nos regards embrumés.

On avait son adresse. On y est allé direct. Conduite en état d'ivresse. Dans sa taule, on a pris deux trois trucs de valeurs manière de se rembourser un peu.

Putain ! Six mille euros c'est pas un lecteur de DVD, une télé et une gourmette en argent qui va nous les rendre. Tony a juré qu'il lui ferait payer au centuple sa dette à ce petit mafieux de Rital.

Quatre semaines, pas plus ! Il lui ferait payer dans le sang ! On a ricané certains de le retrouver. Le temps pour nous. On avait l'habitude de ce genre de flambeurs.

Et on savait leur faire ravaler leur envie de jouer sans débourser un centime !

Jeanne somnolait mal installée dans ce wagon. Pourquoi n'avait-elle pas pris un wagon-lit ? Trop de bruits dans ses rêves. Mario ! Son accent, sa voix suave l'avait réveillée en sursaut : « Ma madone ». La douceur de ses mains sur son corps était si vive encore !

Pourquoi ce départ sans annonce ? Un TGV dans sa vie ! Une rencontre express ! Elle se retrouvait sur le quai d'une gare à attendre un voyageur qui ne viendrait plus ! Mais bon sang partir comme ça, en laissant tout ! Sa brosse à dents, son rasoir et ses vêtements neufs. Que s'était-il passé ? Elle n'avait même pas songé à avertir la police. Que leur aurait-elle dit ? Mon amant est parti ! Elle ne connaissait rien de lui, juste son nom Mario Gurati et la douceur de ses doigts sur sa peau.

Et ce voyage, quelle idée saugrenue ! Rome. Roma, comme il disait Mario. Oh Mario !

Le sommeil s'éloigna la laissant dans ses questionnements. Elle décida de faire quelques pas dans le couloir éclairé par de simples veilleuses. Elle marcha jusqu'aux toilettes, s'aspergea le visage d'eau. Tout le monde dormait à cette heure. Des respirations fortes transpiraient des compartiments.

Elle s'accouda à la fenêtre. Ouvrir, se pencher, sentir le vent s'engouffrer dans son esprit, la laver de toutes les scories de cet amour disparu. Tentation de se laisser aspirer par les senteurs de la Toscane. Qui s'apercevrait de son absence ? Son sac laissé dans le compartiment attirerait-il l'attention ?

Mario flânait, comme toutes les après-midi depuis quelques mois, dans les rues au hasard de la douceur printanière. Il avait bien cherché jour après jour un moyen de trouver les six mille euros pour rembourser son dû. Jouer aux courses ? Avec quoi ? Travailler ? Impossible, ils le retrouveraient. Emprunter mais à qui ? Il devait de l'argent à toutes ses connaissances. Piquer dans le porte-monnaie de Jeanne ? Il avait bien essayé de savoir si elle avait des économies. Elle n'avait rien. Santa Madonna il était tombé sur une fauchée de caissière. Pas de chance une fois de plus.

Il n'y a pas de spécialiste contre l'addiction au poker. Il allait le payer cher, ils allaient lui couper l'envie de jouer dans leurs tripots clandestins en lui coupant les doigts ou les mains. Santa Madonna ! Pourquoi ne buvait-il pas ? Au moins, là il aurait pu se faire soigner et rembourser en plus au frais de la sécu !

Préoccupé par ses recherches virtuelles, Mario ne sentit pas ses pas le ramener dangereusement vers son ancien quartier. Il ne sentit pas plus les deux silhouettes approcher, fondre sur lui et le pousser dans une voiture.

Attablés à la terrasse d'un bistrot. Les deux sbires de Tony sirotaient un pastis. Mauresque pour l'un, tomate pour l'autre. « Non mais ! Putain ! Regarde qui va là ! C'est notre enfoiré de petit Rital ! Colle-le ! Putain ! C'est Tony qui va pas en revenir ! Appelle-le ! Retrouvé le Rital ! Putain cinq mois qu'on le cherche et là le voilà ! Serre-le putain ! »

Mario a senti leurs bras l'attraper, l'entraîner jusqu'à leur voiture garée tout près. Il a suivi sans même chercher à se débattre. À quoi bon ? Santa Madonna ! Il savait qu'un jour ou l'autre ses pas l'entraîneraient dans les souvenirs de son vieux quartier et qu'ils finiraient bien par le retrouver.

Jeanne ouvre la fenêtre, elle aspire les senteurs du paysage, sans même le regarder. Un homme approche dans le couloir, grand, brun, Mario ? Non impossible ! Un frisson la parcourt ; elle est seule, dans ce compartiment endormi. Elle entend ses pas qui approchent.

Ça y est ! Il est à nous ! Putain de Rital, tu nous as fait courir ! On savait qu'on finirait par t'avoir ! Cinq mois que tu nous files entre les pattes. Petit enfoiré. Maintenant tu vas en baver l'Italien ! Séquestré ! On va te faire passer l'envie de jouer. Ligote-le à la chaise !

Mes doigts, Santa Madonna mes doigts ! Merde, ça dégouline ! Jeanne ! Aide-moi ! Ça fait mal ! Comment je vais faire maintenant pour te serrer dans mes bras ? Pour pétrir ta douce poitrine ? Putain ! Ils en ont coupé combien ? Et pour battre les cartes plus possible ! Ha oui ils m'ont tout coupé ! L'envie ? Non elle est toujours là. Il n'existe pas un spécialiste contre l'addiction au poker ? Santa de bordel de Madonna ! J'ai mal. Mama mia ! Détachez-moi ! J'ai besoin d'air ! Oui je vais payer... Laissez-moi le temps, j'ai essayé de rassembler la somme. Putain ! Six mille euros ça ne se trouve pas dans le cul d'une Madonna ! Je veux de l'air ! Ouvrez la fenêtre ! Non, pas un autre doigt ! Je paierai tout ! Laissez-moi du temps ! Santa Madonna ! Arrêtez, ça fait mal ! Jeanne, où es-tu ? Non, pas la main ! De l'air, s'il vous plaît, la fenêtre, ouvrez la fenêtre ! Putain, ça fait mal ! Non !

Jeanne se penche un peu plus à la fenêtre, des larmes perlent de ses jolis yeux verts. A-t-elle seulement lu le panonceau « E pericoloso sporgersi » ?

Le vent s'engouffre dans ses narines. Mario ! Oh Mario, vertige de l'absence ! Souffrance du souvenir. Ses cheveux s'envolent vers son passé. Oublier ! Tentation de se laisser aspirer par ce vide. Elle se hisse, se laisse griser par l'air frais de la nuit italienne. Elle ne voit pas le paysage les yeux emplis de vent.

Le couloir est silencieusement désert. Quelques soupirs surgissent dans la pénombre. Entend-elle les pas qui approchent ?

L'homme la frôle, la serre, la pousse, la retient. Non laissez-moi faire le vide. Oh ! se laisser aspirer par la nuit italienne !

« Faites-le taire ce putain de petit Rital. Et faites-lui respirer un dernier bol d'air. »

Les deux sbires bâillonnent Mario, et le traînent jusqu'à la fenêtre. Il aspire par le nez les odeurs gazeuses de la ville, il aperçoit au loin le port, la mer.

Un vol de mouettes ricane : « E pericoloso sporgersi »

Tony le pousse de la fenêtre. « Putain de Rital. Une dette de jeu, ça se rembourse ou ça se paie par la vie ! »

Il n'y a pas de spécialiste contre l'addiction au poker.

Il astiquait l'évier

Comme chaque soir, au retour du bureau, il faisait une longue marche avant de rentrer chez lui. Il avait besoin de ce détour pour arriver apaisé. Sorte de sas de décompression.

3 rue du docteur Martin.

On pouvait lire à côté de Mme Lavie et Jeanne Saint Pastou, sur une jolie étiquette manuscrite, Adrien Petit. Un nom passe-partout.

Dans ce petit immeuble du centre-ville, au rez-de-chaussée vivait la propriétaire des lieux, une vieille dame, encore coquette, veuve d'un médecin du quartier.

Elle avait découpé sa maison trop grande à la mort de son mari, au départ de ses enfants. Elle avait souhaité conserver le bas pour profiter du jardinet. C'était son havre de paix. Chaque jour elle le bichonnait. À l'automne elle ratissait les petites allées enlevant les feuilles rougissantes de la vigne vierge, au printemps, elle plantait toujours quelques nouvelles fleurs pour embaumer l'été. En hiver, elle binait, taillait.

En été, elle arrosait et profitait des senteurs, de la fraîcheur au milieu de la ville.

Adrien Petit lui logeait au premier à gauche.

À droite, une jeune étudiante en droit, discrète et travailleuse, une jeune fille bien sérieuse. Jeanne Saint Pastou. Ses parents, des notables de la petite bourgade voisine s'étaient portés caution pour ce studio, ils avaient apprécié la présence discrète de la propriétaire, le calme de ce quartier populaire.

Dans ce petit deux-pièces étriqué, meubles suédois et bon marché... Meubles laissés par le précédent locataire, Adrien s'était installé il y a quelques semaines.

Le juste minimum, un lieu de passage.

Un espace pour se retrouver et mieux redémarrer. Un espace anonyme, sans empreintes d'un passé dont il n'arrivait pas à se départir. Quoi de mieux que de l'impersonnel pour tenter de renaître ?

Sa femme lui avait demandé de quitter le domicile conjugal, elle ne supportait plus sa discrète présence, elle ne supportait plus sa trop visible absence. Mais depuis combien d'années, cohabitaient-ils tous les deux avec leurs deux filles ? Adrien ne s'était jamais posé la question. Peu à peu, il s'était replié sur lui-même, il s'était enfermé dans ses livres, sa littérature, il s'était muré dans ses diverses collections. À moins que ce ne fût elle qui s'enferma dans son rôle de mère irréprochable ?

Leur conversation s'était tue en même temps que leur ardeur.

Après la naissance de leur deuxième fille ou peut-être même avant déjà.

Chaque soir, il posait son cartable dans l'entrée, accrochait son pardessus gris au portemanteau en pin blanc, puis il ôtait ses chaussures. Toujours le même modèle depuis quinze ans, noir à lacets qu'il usait jusqu'à la corde avant de se décider à l'achat d'une nouvelle paire. Il aurait pu les acheter par lot de deux, cela lui aurait évité un achat précipité. Et s'il y a bien quelque chose qu'il détestait, c'était la hâte !

Il passait dans la salle de bains, se lavait les mains. Sa journée de travail s'enfuyait dans la bonde.

Il posait son complet le plus souvent noir et usé, sa chemise sur la chaise dans sa chambre, il enfilait un vieux pantalon de survêtement, une veste en laine avachie, un peu trouée par quelques mites gourmandes. C'était sa mère qui lui avait tricoté. Mais depuis combien d'années la portait-il ? Sa mère, voilà bien dix ans qu'elle s'en était allée.

Puis il faisait réchauffer un plat surgelé. Il prenait son repas en solitaire sur sa petite table de cuisine. Il ne regardait que rarement la télévision, préférant écouter France culture ou une pièce de Bach. Alors, au rythme du violoncelle, ou des grandes orgues, ne supportant pas de laisser la moindre trace de saletés, il astiquait l'évier.

À la fin du repas, il ramassait ses couverts, les miettes et se mettait sans tarder à la vaisselle. Il récurait l'évier avec soin et minutie. Tout devait être net pour son réveil.

Un rituel maniaque, chaque geste immuable, les couverts dans l'évier, un coup d'éponge sur la toile cirée, il vidait la carafe d'eau dans la plante que lui avaient offerte ses filles pour son dernier anniversaire et qu'il tentait de faire survivre. Une plante qui devait fleurir au printemps.

Récurait-il ainsi son passé insatisfaisant ? Épongeant ses souffrances ? Se débarrassant au tampon Jex de ses imperfections ?

Ha ! Comme il serait facile de se transformer avec un bon détergeant ! De devenir un monsieur propre et neuf ! Se voulait-il aussi brillant que son évier lustré de prêt ?

Voulait-il effacer toute trace de vie antérieure ? Refusant de vivre la sienne pleinement, préférant la voir s'écouler par la bonde.

Il frottait, lavait cet évier avec soin et patience. Chaque soir, rituel journalier.

Voulait-il s'oublier dans ce geste ménager ? Retrouvait-il ainsi un lien avec son ancien ménage parti à la dérive ?

La vie d'Adrien Petit était bien réglée. C'était un homme minutieux. Au bureau, il était apprécié par sa rigueur et sa ponctualité, sa discrétion, et la qualité de son travail.

Dans ses complets noirs ou gris un peu élimés, il tentait la transparence. Et, il y parvenait. Qui pouvait se targuer de le connaître ? Lors des pots de départ, il avait toujours une citation prête à lire. C'était sa seule façon de briller quelque peu en société.

Son seul plaisir était la littérature. Il lisait solitaire, mémorisant les passages et les citant régulièrement pour masquer son manque de conversation.

Sa vie avait toujours été ainsi, bien réglée. Sa femme, ses filles, le bureau, les livres. Vivant à petits pas, suivant ceux de sa famille, toujours légèrement en retrait.

Et rien n'avait changé, seulement son adresse.

La solitude ? Elle était identique. Dans son deux-pièces, il n'avait plus à s'enfermer dans son bureau.

Pourtant Adrien s'était permis, tout marié qu'il était encore, un rendez-vous avec une femme trouvée sur un site de rencontres.

Agnès.

Comment avait-il osé ? La curiosité ? Un collègue de bureau, pavanait à la pause-café racontant ses conquêtes de la nuit, trouvées sur internet. Est-ce les propos grivois de Marcel Deschamps qui réveillèrent chez Adrien son désir physique ?

Est-ce le besoin de se prouver qu'il existait encore ?

Il avait osé un premier rendez-vous dans un café. Il fut transporté par la grâce, la douceur et l'écoute d'Agnès. Alors il osa se confier et lui si discret d'habitude se livra, au travers des beaux mots de Racine ou Shakespeare.

Elle fut attendrie par cet homme discret au corps et au visage adolescents, seules ses tempes grisonnantes attestaient de la quarantaine entamée.

Très vite, Agnès le trouva brillant, elle aimait l'écouter, citer de belles phrases. Elle aimait ce rôle de confidente particulière.

Elle osa lui proposer un déjeuner chez elle.

Il était venu dans son costume élimé la retrouver dans son appartement. Il parlait, se confiait mais n'osait aucun geste tendre.

Il se voyait en Cyrano, en Christian mais les mots doux ne sortaient pas. Il ne parvenait pas à l'appeler Roxane.

Elle appréciait cette douce cour d'un autre temps.

Elle l'accueillit régulièrement pour des déjeuners galants.

Après leur repas frugal la plupart du temps, il fallait qu'il nettoie, qu'il astique son évier.

Voulait-il ainsi effacer toute trace de son passage ? Laver sa culpabilité en récurant l'évier ?

Il frottait, il frottait et cela la faisait sourire, cette maniaquerie de vieux garçon. Comme il était charmant à vouloir absolument nettoyer la cuisine. Cela manquait de romantisme, certes. Mais cela la changeait de ces amants qui la prenaient dans la cuisine à la va-vite, l'évier débordant de vaisselle sale.

Elle le trouvait attendrissant dans son petit costume noir, elle aurait aimé déboutonner sa chemise, pendant qu'il s'affairait à la vaisselle, mais ne s'y risquait pas. Elle le regardait gardant une sage distance.

Puis une fois, l'évier brillant il partait pour retrouver son intérieur. Il ne l'invita jamais dans son deux-pièces étriqué.

Quand Adrien regagnait sa demeure, il se replongeait très vite dans ses livres.

Puis après son dîner en solitaire, il astiquait l'évier.

Voulait-il oublier Agnès et sa douceur ? Voulait-il oublier son impuissance à lui montrer son désir ? Voulait-il oublier le trouble qu'elle provoquait chez lui ?

Voulait-il oublier son manque de conversation ?

La bouillotte et le polar

Jean arriva au bas de l'immeuble de Juliette. Il devait lui remettre les clés de son studio. Après quelques mois d'une relation intense, elle l'avait chassé de son lit.

Arrivé, dans le hall de l'immeuble, un effluve de parfum lui pinça le cœur, le ramenant un instant à ce corps, ses odeurs qu'il aimait encore.

Pourquoi avait-elle décidé d'arrêter leur histoire ?

Le parfum lui donna le courage de monter quatre à quatre, les escaliers en bois jusqu'au troisième étage. Il grimpait ces marches chaque week-end depuis plusieurs mois, le cœur palpitant, la sachant à l'attendre là-haut parfois nue, parfois encore en jean et chemisier.

Il arriva sur le palier un peu haletant, hésita un instant et finit par insérer la clef dans la serrure. Frappa de trois coups brefs par habitude, sachant qu'à cette heure de la journée l'appartement serait désert.

Il fut envahi aussitôt d'odeurs faisant émerger un passé encore trop présent un mélange de café, de tabac froid, d'encens et de pain grillé. Il détestait qu'elle fume dès le lever et il se souvint de leur dernière dispute à ce sujet, où elle lui dit sèchement qu'elle faisait ce qu'elle voulait de son corps, qu'il ne lui volerait pas sa liberté !

Dans l'alcôve, le grand lit était défait. Il s'approcha anxieux d'y trouver des traces de nouvelles amours. Entre les draps, il aperçut une bouillotte. La vieille bouillotte à carreaux de sa grand-mère qu'il avait finie par lui faire abandonner. Il aimait quand elle lui murmurait en se collant contre lui « Tu es ma bouillotte préférée mon amour. » Il revit un instant son corps parfait se lover contre le sien et l'imagina serrant sa bouillotte contre la courbure de ses reins. S'endormant avec cette chaleur au ventre qu'il ne pourrait plus lui donner.

Sur la table de chevet, traînait un polar avec un marque-page à la moitié ; un autre livre encore ouvert par terre près du lit.

Pourquoi avait-elle abandonné ce polar ? Pas assez d'intrigue ? Un manque de suspense ? Un scénario trop prévisible ? N'était-ce pas ce qu'elle lui avait reproché ? « Tu es trop facile à cerner, tu manques d'originalité, je sais à l'avance ce que tu vas me proposer ! »

Et elle l'avait laissé en plan comme ce roman policier.

Vers quelles aventures allait-elle se tourner ?

Certainement pas un roman à l'eau de rose, plutôt un thriller, elle avait besoin de frissons, d'excitation, d'intensité. Elle lui avait apporté ce grain de fantaisie dont il manquait, il aimait tant l'entendre rire et se mettre à danser un slow, nue avec sa bouillotte. Il aimait aussi quand elle se faisait sérieuse et refusait qu'il l'empêche de lire.

Elle avait écrit le mot fin à leur histoire, avait repris sa vieille bouillotte. Elle l'avait prévenu pourtant « Tu sais je fuis quand je m'ennuie. » Il ne l'avait pas crue, s'était pensé capable de l'enchanter pendant de nombreuses années. Un instant, il eut envie de se glisser dans ses draps, de finir le polar et de la surprendre quand elle rentrerait le soir. Il fit sagement demi-tour, redescendit lentement le cœur lourd, déposa les clés dans sa boîte aux lettres.

Dans la rue, il leva les yeux vers les fenêtres de son studio, elle ne lui adressa aucun baiser de la main comme elle en avait l'habitude. Il savait qu'il conserverait longtemps ses odeurs, son rire, sa chaleur animale en lui ; que ce trésor enfoui l'empêcherait de poursuivre avec une autre.

Il n'avait pas su devenir le Roméo de cette belle Juliette.

Pourquoi avait-elle décidé d'arrêter leur histoire ?

Errements roses

Elle avait passé la journée à errer dans sa ville rose. Humeur grise.

Après une dispute de plus...

Dans cette ville qui l'accueillait depuis bientôt vingt ans. Dont elle ne connaissait pourtant pas encore tous les dédales.

Aujourd'hui elle s'était sentie un peu perdue dans ce labyrinthe sans fil d'Ariane.

Ses souvenirs avaient conduit ses pas vers quelques lieux où elle avait vécu des moments heureux.

Rue Croix-Baragnon. « Tiens les volets de son ancien appartement sont clos. Qui y vit ? Pourquoi ne profitent-ils pas de la vue sur le jardin de la chambre de commerce ? »

Elle y avait passé quelques années en collocation avec son amie. Des années étudiantes. Combien de soirées festives dans ce vieux deux-pièces ! Ils s'entassaient, buvaient, dansaient, flirtaient dans l'insouciance de leurs vingt ans.

Qu'était-elle devenue cette amie ? Repartie dans ses Pyrénées natales ?

C'est là qu'elle avait rencontré l'homme qui allait partager sa vie. Son amie était partie poursuivre ses études ailleurs.

Il s'était peu à peu installé. Un soir de temps en temps au début, puis très vite, il était resté la semaine. Avait laissé une brosse à dents, un rasoir, puis avait porté une télé. Petite intrusion qu'elle avait acceptée sans sourciller, elle qui ne la regardait jamais !

Pourquoi le temps effaçait-il les sentiments ?

Elle l'avait aimé pourtant. Lui aussi. À la folie !

Ils fermaient aussi les volets l'après-midi pour un moment de connivence. Oubliant un instant le parc en face.

Une dispute encore...

Elles étaient de plus en plus fréquentes, pour des riens, des non dits.

Elle poursuivit son chemin vers la place de La Trinité où ils aimaient venir boire un verre en terrasse après le travail aux beaux jours. Et puis dans cette petite rue dont elle a oublié le nom, le Nabuchodonosor, elle y croisait Vivoux régulièrement. Ce petit bar à part n'avait pas changé, le même patron, le même décor. Un guitariste à une table comme autrefois. Elle ne franchit pas le seuil. Combien de soirées passées dans ce lieu ? Avec lui, avec d'autres.

Ses pas l'emmenèrent le long de la Garonne. Comme elle aimait la vue sur l'hôtel-Dieu et le pont neuf. Souvenir de cette soirée de carnaval où elle s'était déguisée avec son amie Sylvie. Vieilles femmes d'un instant, rouge à lèvres noir et rose sur les paupières. Elles étaient belles, joyeusement chapeautées. Elles avaient suivi le cortège dansant riant jusque fort tard certainement.

Elle aussi, perdue de vue.

Tiens ! Ce petit bar intimiste avec la patronne vieille dame maquerelle où ils passèrent quelques soirées à rire et discuter, existe-t-il encore ? C'était là. Disparu.

Elle arriva quai de la Daurade.

Un concert de jazz au début de l'été, Manu Di Bango avait enflammé le public. Elle avait essayé de l'entraîner à se laisser aller à danser au rythme du sax. Petite incompréhension supplémentaire, elle qui aimait tant se laisser porter par la musique ! Pourquoi n'osait-il pas ? Pourquoi ce silence qui lui pesait de plus en plus ?

Puis, elle bifurqua vers Saint Sernin. Comme elle aimait flâner autour de la cathédrale le dimanche du marché aux puces. Plaisir solitaire à la découverte d'un livre ancien, d'un pull rétro, d'un bel objet patiné par le temps.

Place Arnaud Bernard. Elle chercha ce piano-bar où ils aimaient écouter du jazz. Où il lui avait fait sa déclaration. Était-ce là ou plutôt ici derrière cette devanture fanée ? La pianiste était belle, envoûtante. Atmosphère particulière.

L'avait-elle aimé ou s'était-elle laissée charmer par son regard bleu et son sourire de travers ?

Pourquoi les sentiments s'effaçaient-ils avec le temps ?

Après ce long périple dans le dédale de ses pensées, cette errance dans son passé heureux, elle finit par regagner son logis.

Son passé, ses amis, ses amours avaient défilé comme ce flash-back avant la mort, paraît-il...

En rentrant chez elle, la porte était ouverte, elle pesta un instant contre son étourderie, elle avait du mal la fermer en partant ce matin. À moins que ce ne fût son mari ?

L'instant suivant, elle pensa – frayeur – à un inconnu qui aurait pénétré dans son logis.

Était-il là encore tapi dans l'ombre ?

Avait-il pris quelques objets précieux avant de s'enfuir ?

Avait-il laissé la demeure sens dessus dessous ?

Elle ne poussa pas la porte de la maison commune.

Elle fit demi-tour après une brève hésitation.

Décidée à tourner le dos définitivement à cette vie qui ne lui correspondait plus.

Elle reprit son chemin...

Ses pas la menèrent chez son amie où elle serait accueillie sans question.

« Pose-toi, ma belle. »

Un simple clic

Un simple clic, un déclic, un choc, des claques... jusqu'à ce jour où il prit ses cliques et ses claques ! La porte de leur histoire claque et se referme. Comme elle fut belle leur histoire ! Comme elle fut brève pourtant ! Un instant d'éternité.

Un simple clic, obsédante montagne. Pourquoi vous obsède-t-elle ?

Quelques écrits échangés sur leurs goûts des romans policiers.

Clic. Elle écrit, il lit. Elle lit, il écrit.

Les mots, les phrases sont leur monde.

D'abord par jeu, se demandant pourquoi une inconnue l'apostrophait, il a pris goût à ses mots. Étonné, il s'est surpris lui-même à attendre ses messages et à être ému de ses réponses. Il a pris l'initiative de passer au-delà du virtuel en se disant que de toute façon, elle refuserait de franchir le miroir rassurant du monde des pseudonymes.

Par jeu aussi, elle a aimé cette correspondance épistolaire, découvrir virtuellement un inconnu qu'elle ne rencontrerait certainement jamais. Rassurée par l'écran, protégée, elle a pu se laisser aller à livrer à son tour ses goûts, ses choix.

Pour leur première rencontre, il avait proposé un rendez-vous au golf, elle avait hésité puis fini par accepter cette initiation. Elle lui avait dit sa peur : c'est la première fois qu'elle acceptait de rencontrer un inconnu en tête à tête.

Il était là devant le club house, identique à la photo, un peu plus petit que ce qu'elle avait pu imaginer, mais aussi souriant. Avec une ombre dans le bleu de son regard. Tristesse ? Amertume ? Mélancolie ?

Il n'avait rien imaginé, rien préparé. Pour une fois, il avait osé être dans l'impulsivité, dans la simplicité.

Elle était arrivée peu après, un peu plus sûre d'elle-même que ce qu'elle ressentait.

Un côté « Pim pam poum », lui dira-t-il plus tard. Sa meilleure défense, tout en sourire masquant ses doutes et incertitudes.

Face à une telle assurance, qui pourrait penser sa fragilité ?

Il l'avait accueillie par trois bises à l'Aveyronnaise l'englobant de ses bras.

Elle l'avait trouvé un peu trop sûr de lui ce joli garçon, tout de suite attirée par son sourire contredisant son regard triste.

Il l'avait trouvée si fine, si naturelle. Elle était là et c'était l'évidence même.

Puis ils étaient partis vers le practice face au lac, fin de journée, soleil rasant, calme en fin de semaine.

Elle avait aimé le jeu. Tirer avec une petite balle sur une bouée.

Elle s'y était prise au jeu tout de suite. Elle s'était sentie en phase avec ce professeur improvisé et avait apprécié sa précision des mots pour lui faire partager les mystères de son sport.

Il avait adoré jouer le professeur, elle était concentrée, joueuse dans l'âme et cela lui avait immédiatement plu d'être à ses côtés.

Ils étaient seuls au monde.

Il a senti lui dira-t-il plus tard une bulle protectrice les enveloppant. L'a-t-il rêvée ? L'a-t-il conçue ?

Sur le parking, ils se quittèrent et il lui offrit un polar islandais avec un mot à l'intérieur...

Lui a-t-elle dit combien ce présent l'avait touchée ? Elle qui rêvait qu'on lui offrit de la littérature et ne recevait qu'articles ménagers ?

Ils ont poursuivi leurs échanges découvrant leurs goûts littéraires.

Éclectiques et curieux tous les deux.

Clic. Il écrit, elle lit. Il lit, elle écrit.

Les mots, les phrases sont leur monde.

Et c'est lui, de nouveau, qui avait proposé leur deuxième rencontre.

72

À l'Héliopolis un bar solaire. Comme elle avait aimé le nom de ce bistrot ! Comme ce rendez-vous avait ensoleillé sa fin de semaine !

Elle était arrivée la première, elle avait pris dans la voiture un pot de confiture pour lui offrir en souvenir d'un écrit où il lui racontait sa gelée de coings. Elle ne lui donna pas. Il ne saura rien de ce petit pot de confiture d'abricots resté dans sa voiture.

Il y avait des bouquinistes sur la place, elle trouva un « Juge Ti » pour lui, mais ne mit aucun mot à l'intérieur.

Sur la terrasse, ils s'étaient racontés un peu plus, leurs métiers, leurs valeurs, leurs goûts littéraires, musicaux, picturaux aussi. Leur vie.

Leur histoire s'est accélérée après cette deuxième rencontre. Des fils se sont tissés, des ponts réunissant deux êtres que rien ne prédisposait à se trouver.

Une improbable rencontre !

Aujourd'hui elle écrit le roman de leur si émouvante correspondance, hésitant sur le titre, genèse d'une rencontre ?

L'engagement d'une aventure ? Ou tout simplement une belle correspondance ?

Lui, aurait préféré, roman tragique. Elle n'aimait pas son choix.

Lui a-t-elle dit ? Elle ne sait plus. Il est parti.

Clac ! Claque ? Claquemuré dans son cabinet de réflexion.

Elle essaie de comprendre la rapidité de cette complicité. Elle essaie de comprendre leur peur de ne pas oser.

Elle essaie de comprendre la beauté de ces doux moments d'éternité qu'ils avaient commencé à créer. Simples, naturels, évidents.

Un simple clic. Obsédante montagne. Moi aussi elle m'obsède.

Quelques échanges sur leurs goûts des romans policiers.

Clic. Elle écrit, il lit. Elle lit, il écrit.

Les mots, les phrases sont leur monde.

Et leurs échanges épistolaires se sont multipliés, n'osant pas s'appeler, d'un romantisme suranné. Ils se sont écrit des lettres enflammées se disant leur intimité la plus secrète.

Se dévoilant, se dénudant, mise à nu impudique, indécente, jamais obscène.

Leur troisième rencontre qui l'avait provoquée ?

Il était venu chez elle un dimanche à quinze heures, elle avait préparé un gâteau au chocolat.

Il avait apporté à son tour deux pots de confiture, comme un présent dérisoire mais dont il était sûr qu'elle apprécierait la douceur.

Il lui dit toute la beauté de son dernier message et comment en quelques mots elle avait su lui caresser le cœur et lui toucher l'âme. Il a fait trois pas hésitants et leurs corps se sont rejoints sur ce canapé usé. Maladroits, malhabiles, comme deux adolescents.

C'est la plus belle déclaration d'amour jamais reçue. Lui a-t-elle dit ? Elle ne sait plus. Il est parti.

Elle l'accueillit. Encore et encore. Rencontres fugitives. Entre-Deux sensuels. Moments d'éternité partagée.

Ils surent sacraliser chaque instant par le rituel du baiser fougueux dans l'entrée.

Lui, gardant son cartable à la main, tel un écolier rentrant du collège.

Elle, lui ôtant sa veste, parfois sa chemise. Elle adorait déboutonner un à un les boutons. Lui a-t-elle dit ?

Il aimait tant cet effeuillage sensuel et la douceur de ses mains. Lui a-t-il dit ?

Puis elle préparait un café « Qu'il est doux ton café, il a un parfum d'ambroisie » lui dira-t-il plus tard.

Ils se dévoilèrent leur passé, leur présent se refusant à envisager un avenir.

Ha ! La peur ! Ils l'avaient en commun au creux et au bas de leur ventre. Se désirant si ardemment dans l'impuissance de l'instant. Et il s'enfuyait dans un « chasse-moi. » Comme si seul, il ne parviendrait pas à franchir le seuil à la clôture de leurs travaux sensuels.

Un simple clic. Obsédantes montagnes !

Des échanges de plus en plus rapprochés. Intense connivence.

Clic. Elle écrit, il lit. Elle lit, il écrit.

Les mots, les phrases sont leur monde.

Ils s'étaient découverts dans l'harmonie, la complicité, la connexion de leurs esprits, de leurs cœurs, de leurs désirs mais pas dans la totalité de leurs corps.

Lui, « cœur rouillé l'Aveyronnais », bloqué, cadenassé, verrouillé.

Elle, cœur se dégivrant d'une longue période de glaciation.

Ils ne réussirent pas à se laisser complètement enivrer dans leurs jeux érotiques. Se frôlant, se caressant, s'embrassant avec fougue et tendresse. Mais leur raison ne laissa jamais libre cours à la folie de leurs corps.

Un simple clic, un déclic. Obsédante montagne.

Oh ! Comme tu m'obsèdes !

En quelques clics ils s'étaient découvert âme sœur, esprit frère.

Il ne comprenait pas cette connexion si intense, cet échange magique, cette relation si particulière.

Il lui dira plus tard : « Est-il normal que nos esprits convergent à ce point ? Quels sont ces mystères si profonds ? Je ne suis pas mystique mais tout de même, c'est troublant, une si belle proximité d'âme. »

Elle, ne comprenait pas plus, pensant leur relation « hors norme », profonde, sans être obscure pourtant. Lumineux mystère qu'elle tentait d'accueillir.

Un simple clic. Quelques claques. Un grand clac. Il est parti se claquemurer.

L'a-t-elle poussé à la quitter ? La peur de poursuivre sa route avec ce bel inconnu si attirant.

L'a-t-il vraiment quittée ?

« Tu m'emplis même dans l'absence. Tu es là. », se disaient-ils sans cesse.

Âme sœur, esprit frère, reliés par une si belle correspondance, une chaîne d'union non aliénante librement consentie.

Clic. Il est là. Elle écrit, il lit. Elle lit, il écrit.

Les mots, les phrases sont leur monde.

Leur correspondance se poursuit.

C'est un lien indéfectible qui nous relie.

Lui a-t-elle dit ? Elle ne sait plus. Il est parti.

Et elle pense à ces mots de Wim Wenders, dans *Les ailes du désir* : « Il était une fois, il était une unique fois... ».

POSTFACE

Si Philippe Djian était une femme, il pourrait s'appeler Valérie Reynier. Ou bien l'inverse. C'est en tout cas ce que j'ai ressenti à la lecture des délicieuses nouvelles de Valérie.

Oh, bien entendu, elle n'a consacré aucune nouvelle à nos amours coupables, pour la bonne raison que nous ne nous sommes jamais aimés. Mais nous avons été, et nous sommes encore des vrais amis. Voire plus, comme un frère et une sœur. Alors quand j'ai découvert les textes de Valérie, j'ai bondi dessus comme le vieux fauve que je suis et j'ai tout dévoré, avec un immense plaisir mais un appétit de lecteur non assouvi.

Valérie Reynier a indéniablement un style littéraire et c'est la base de l'écriture. Ensuite, elle a le don de saisir par le bout de sa plume légère les émotions et les sentiments de nos vies ; avec délicatesse et profondeur, elle nous explique bien des choses et moi qui n'ai jamais rien compris aux femmes, même si je les adore et les respecte, et bien je dois dire, après la lecture de ces nouvelles pleine d'humour, que je ne comprends pas davantage mais que j'ai lu avec attention et tendresse ce patchwork d'existences d'une femme libre d'aujourd'hui.

Maintenant, j'attends et nous attendons tous la suite ; Valérie Reynier, par ce premier livre, appartient à la grande famille des écrivains et nous espérons lire bientôt son premier roman, qui n'est après tout qu'une très longue nouvelle. Mais si nous retrouvons dans ce prochain ouvrage sa finesse, sa douceur exigeante et sa bonté lucide pour les émois du genre humain, alors, oui, elle pourra entendre Guy de Maupassant lui dire en tant que romancier de tout mettre en œuvre « pour produire l'effet qu'il poursuit, c'est-à-dire l'émotion de la simple réalité, et pour dégager l'enseignement artistique qu'il en veut tirer, c'est-à-dire la révélation de ce qu'est véritablement l'homme contemporain devant ses yeux ».

Pierre Léoutre

Éditeur :
Books on Demand GmbH,
12/14 rond-point des Champs Élysées,
75008 Paris, France

Correction d'épreuve et mise en page :
Pierre Léoutre

Avec le soutien de l'association
« Le 122 » à Lectoure (Gers)

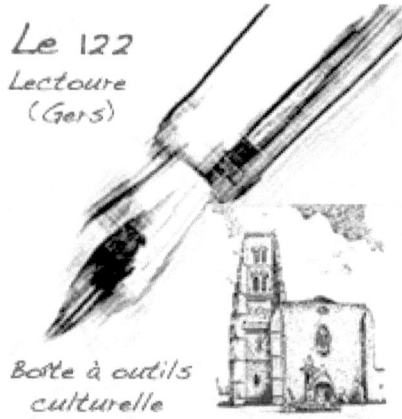

http://pierre.leoutre.free.fr

Impression :
Books on Demand GmbH, Norderstedt, Allemagne

ISBN : 9782810626359

Dépôt légal : janvier 2016

www.bod.fr